Nancy Wilcox Richards ● Werı

Pas de dodo sans doudou!

Texte français de Christiane Duchesne

Les éditions Scholastic

À Jenn et Kris, avec amour
et avec un clin d'oeil à une
couverture.

— Nancy Wilcox Richards

À la mystérieuse dame dans
l'avion d'Antigua, Linda Knowles,
et à mes Stockton préférés.

— Werner Zimmermann

La conception graphique de ce livre a été faite en QuarkXPress,
en caractère Times Roman de 20 points.

Les illustrations ont été réalisées à l'aquarelle
sur du papier d'Arches.

Données de catalogage avant publication (Canada)

Richards, Nancy Wilcox, 1958-
  [Farmer Joe Baby-sits. Français]
  Pas de dodo sans doudou!

Traduction de: Farmer Joe Baby-sits.
ISBN 0-590-24990-8

I. Zimmermann, Werner. II. Titre. III. Titre: Farmer Joe baby-sits. Français.

PS8585.I184F314 1997   jC813'.54   C96-932343-3
PZ23.R53Pa 1997

Édition publiée par Les éditions Scholastic, 175, Hillmount Road, Markham (Ontario) L6C 1Z7.

5 4 3 2   Imprimé au Canada   9 /9 0 1 2 /0

Antoine le fermier vit avec
sa femme dans une vieille ferme
au milieu d'un grand champ.

Antoine le fermier passe
ses journées à travailler
aux champs, coupant le
blé, semant le maïs,
arrachant les mauvaises
herbes.

Mais aujourd'hui, c'est différent :
Antoine le fermier doit garder Marie-Jeanne.

Jamais, de toute sa vie, Antoine le fermier
n'a pris soin d'un enfant.

La mère de Marie-Jeanne a donné à Antoine un énorme sac plein de jouets ainsi qu'une longue liste :

jouer à toutes sortes de jeux

donner la collation à Marie-Jeanne

lui faire prendre l'air.

Et, tout au bas de la liste :

faire faire une sieste à Marie-Jeanne avec sa couverture, sinon elle ne dormira pas.

Bom bouboum, bom bouboum, fait le
camion le long de la route poussiéreuse.

Antoine le fermier se retrouve seul avec
Marie-Jeanne.

Antoine le fermier ne sait pas quel jouet choisir,
alors il décide d'emmener Marie-Jeanne voir
sa ferme.
Ils sortent et traversent les champs.

Ils passent sous les clôtures, montent sur des échelles, et redescendent...

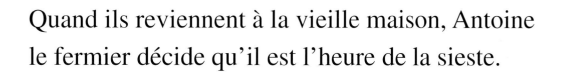

Quand ils reviennent à la vieille maison, Antoine
le fermier décide qu'il est l'heure de la sieste.

Mais où est-elle, la couverture?

Il fouille parmi les livres, les casse-tête et les
poupées, parmi les tutus, les crayons et les balles...

Pas de couverture.

Marie-Jeanne trouve des jeux, un cerceau et un service à thé, de la peinture, des patins à roulettes et un casque...

Pas de couverture.

Oh non!

— J'ai une idée! s'exclame Antoine le fermier. Nous avons dû perdre la couverture quelque part dehors. Nous allons la retrouver tout de suite! Viens!

Antoine le fermier et Marie-Jeanne marchent à travers les champs.

Ils trouvent du maïs à semer, une vache à traire,

une charrette à peindre.

Mais pas de couverture.

Ils trouvent une échelle pour grimper,
une corde pour se balancer...

14

... et des oeufs à ramasser.

Mais pas de couverture.

Antoine le fermier a peur de ne jamais la retrouver.
Marie-Jeanne est sûre qu'ils ne la retrouveront pas.

Mais Antoine le fermier n'abandonne pas.
Ils traversent le champ, passent sous les
clôtures, ils montent sur des échelles et
redescendent.

Ils cherchent partout.
Pas de couverture.

— Désolé, Marie-Jeanne, soupire Antoine le fermier. Je sais bien qu'il te la faut pour dormir, mais nous avons cherché partout...

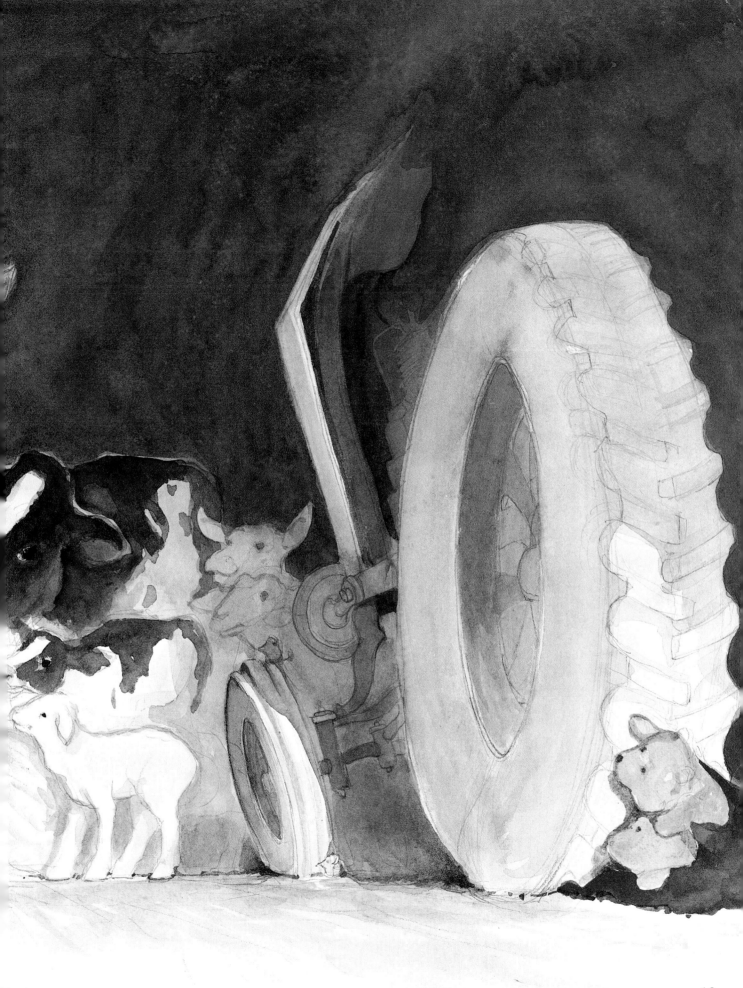

Marie-Jeanne ne dit rien. Pas un mot.

Bom bouboum, bom bouboum, fait le camion le long de la route poussiéreuse.

Un sourire se dessine sur le visage d'Antoine
le fermier.

— Dors bien, Marie-Jeanne, murmure-t-il.
Et reviens aussi souvent que tu le veux...